21242

Ye

21242

Ye

21242

ÉPITRE
A CARNOT,

Par un de ses Amis, qui n'est d'aucun Lycée.

Et mon ingrat Pays est indigne de moi.

DORAT.

A AMIENS,

Ce   Frimaire, l'An VIII de la République.

AVIS.

Cᴇᴛ Ouvrage a été composé très-rapidement. On n'y a suivi que l'impulsion du sentiment. Ainsi, il n'est pas étonnant que plusieurs vers négligés se rencontrent çà et là dans cette Épître, dont on n'a tiré qu'un très-petit nombre d'exemplaires pour les Consuls et quelques Intimes de l'Auteur. Il se propose de la faire passer sous la lime de la correction, dans l'espace de temps qui s'écoulera jusqu'à l'époque où il doit la livrer en public.

ÉPITRE

A CARNOT.

Carnot, entends ma voix : puisse ma douleur sombre
De ton horrible exil enfin pénétrer l'ombre,
Vingt fois le sentiment, dans mon cœur comprimé,
S'élancea vers le toit où respire enfermé
L'illustre Directeur, le Héros et le Sage ;
Mais vingt fois mes accens, étouffés au passage,
Se virent suspendus à l'aspect des Tyrans
Qui sur nous promenoient leurs Décrets dévorans.
Leurs farouches regards, leurs têtes hérissées,
Leurs serpens ! . . . tout retint l'élan de mes pensées.
Cette affreuse Gorgone, au cœur dur et jaloux,
Qui sur la France entière étendit son courroux,
Qui fut la Déité du sombre Robespierre,
Glaçoit ma voix plaintive, et me changeoit en pierre ;
Mais la Gorgone expiré, et la France aujourd'hui
Dans un nouveau Persée a trouvé son appui.
Oui, c'en est fait, Carnot ; oui, l'impure Anarchie
Fuit à jamais les bords de la Seine affranchie :
Les monstres contre nous furent assez ligués,
Ils ne choqueront plus nos regards fatigués.
Leur chûte épouvantable a frappé mon oreille ;
A ce bruit triomphant mon ame se réveille.
Je puis donc en ce jour t'exprimer les regrets,
Le morne effroi, Carnot, et les tourmens secrets
Qu'excita dans mon cœur ta soudaine disgrâce.

A 2

De tes pas fugitifs j'interrogeois la trace ;
Mais ce fut vainement ; un plus heureux destin
Déjà t'avoit porté dans un climat lointain.
Je tremblois qu'une horde , aux trames forcenées,
N'eût sur toi ! . . . . Ce soupçon m'assiégea deux années.

L'aube à peine approchoit, je m'en souviens encor :
Le canon m'annonça le dix-huit Fructidor.
J'entends avec effroi ce lugubre tonnerre :
Trois fois son bruit sinistre a fait trembler la terre ;
Trois fois je sens bondir mon chevet frémissant ;
De la discorde alors je reconnois l'accent.
Je me lève , je cours. Une horde sauvage
A des fronts généreux présentoit l'esclavage.
Pour calmer les transports, les cris d'un peuple entier,
On frappe , disoit-on , le Royaliste altier.
Séduit par ce discours , je crie : O jour sublime ,
Qui nous relève encor sur les bords de l'abyme !
L'ignorant Fanatisme et ses noirs bataillons ,
Forts de leurs Bossuets et de leurs Massillons ,
Pour étayer du Christ l'histoire mensongère ,
Ne fatigueront plus l'auditoire et la chaire.
Le peuple, après dix ans de travaux et d'exploits ,
Ne sera plus foulé sous le sceptre des Rois :
Telle fut ma pensée en ce moment : que dis-je ?
D'un jour aussi clément j'admirois le prodige ,
La douce humanité de Reubll et de Lépeaux ,
Substituant l'exil aux sanglans échafauds.
Quelle étoit mon erreur ! ô clémence infernale . . .
Au travers cependant du spectacle qu'étale
L'appareil imposant des armes , des soldats ,
Je circule , pour voir si je n'apprendrai pas,
Lorsque la République acquert un nouveau lustre,

Le rôle qu'a joué le Directeur illustre :
Quels peuvent-être enfin, en ces heureux instans,
Ses projets, son espoir, ses destins éclatans.
J'interroge ; on se tait : l'œil inquiet et triste,
L'homme de bien frémit : épouvanté, j'insiste :
Le Démagogue, en proie aux plus affreux transports,
A ton nom, m'a soudain frappé du mot de mort;
Tressaillant à ce mot, je doute, on le repète.
Est-il vrai, m'écriai-je, ils ont proscrit sa tête ?
Et c'est pour garantir nos bords républicains.

J'en atteste celui qui chassa les Tarquins :
J'en atteste Caton, ce patriote antique,
Fier de s'ensevelir avec la République;
S'il fut jamais un cœur et libre et citoyen,
Pouvoit-il se flatter de surpasser le tien !
Cent fois tu nous a dis, Carnot, je m'en rappelle,
Si les Rois, escortés d'une horde infidèlle,
En France, tout-à-coup, revenus triomphans,
Marchent pour asservir de nouveau ses enfans,
N'hésitons pas, amis, orgueilleux patriotes,
Sachons vaincre, ou mourons sous les coups des Despotes ;
Je veux, ajoutois-tu, je veux la liberté,
Je veux la République avec l'humanité :
Sortons, amis, sortons de la crise où nous sommes;
Assez la terre avide a bu le sang des hommes :
Assez la hache impie et les proscriptions
Ont flétri le grand Peuple aux yeux des Nations ;
Il est temps d'arrêter ce torrent dans sa course;
Ah ! de l'humanité faut-il tarir la source?
Faut-il que ma Patrie, en proie à des brigands,
Soit l'infâme butin de quelques intriguans ?
Gardez-vous d'enlaidir la Liberté naissante;

Pour la faire adorer, rendez-la tolérante :
Tels furent tes discours, gravés dans mon esprit,
Je les rapelle encor; et c'est toi qu'on proscrit !
Pourquoi ? C'est qu'à côté de ta vertu sublime,
Au timon de l'État s'étoit assis le crime.

Mais un génie heureux alors veilloit sur nous,
Et calme, il épioit l'époque des grands coups;
L'époque où la Patrie, abbatue, éplorée,
Pouvoit, d'un seul élan, être regénérée.
Oui, déjà, ce génie, émule de Solon,
Dont tu citois sans cesse avec transport le nom,
Dans l'ombre enveloppé, méditoit, en silence,
Une charte propice aux vœux d'un peuple immense :
Craignant des factions les funestes transports,
Il s'étoit, un instant, écarté de nos bords;
Et d'un sol étranger, sa pénétrante vue
Faisoit de nos partis tour-à-tour la revue.
Semblable au Créateur, ce génie autrefois,
Au cahos politique avoit dicté des lois :
Il mut des élémens les matières fécondes;
Contre le despotisme, oppresseur des deux mondes,
Il lança la licence : elle marche en heurlant,
Et brise, de cent Rois le trône chancelant :
Calculant ses fureurs, il avoit, dans l'espace,
Vu le point où devoit expirer son audace :
Il vient, il le saisit, et sa main à jamais
Terrasse le dragon nourri chez les Français.
Oui, la licence, enfant de la Démagogie,
Fuit et cache sa tête encor de sang rougie;
Le monstre anéanti disparoit sans retour.
Sous un Code plus doux, notre espoir, notre amour,
Nous revivrons, enfin, le Sage, le Grand Homme,

Qui ranima jadis la poussière de Rome,
Et qui d'un peuple esclave a recréé les droits,
Nous rend et le repos et le regne des lois :
Par lui, la Liberté n'est pas une chimère;
Chaque élément du Peuple est fixé dans sa sphère.
Ce Sage ne veut pas que le Corps Social,
Sous un ramas farouche, inquisitorial,
Soit flétri, comprimé, qu'un horde funeste,
Un vil fragment du peuple ose oprimer le reste.
A ce systême heureux, fruit des plus longs efforts,
La faction haineuse a déserté nos bords,
Et l'impur Démagogue est rentré dans la fange.

Si tu vécus proscrit, un Grand Homme te venge.
Rejouis-toi, Carnot, ton jour est arrivé.
Un astre plus brillant sur nos toits s'est levé.
Sans craindre un peuple aveugle et les soupçons d'un maître,
La vertu, le talent, peut enfin reparoître.
Loin de proscrire encor le génie éclatant,
Des Consuls généreux l'acueil flatteur t'attend.
Viens admirer l'élan de la France superbe.
Oui, que le Luth heureux de Rousseau, de Malherbe
Sous de naissantes mains s'anime et parle encor.
Eh ! comment mon pays, dans son brillant essor,
Ne deviendroit-il pas le plus fameux du globe ?
Deux hommes, dont l'éloge à mes vers se dérobe,
Qui confondent l'esprit, l'imagination,
Qui des temps fabuleux passent la fiction ;
D'une main ferme et sûre en ont saisi les rênes.
La honte, à son berceau, des Condés, des Turennes,
BONAPARTE a paru. Dans leurs climats brûlans,
Lorsqu'au bruit de son nom, les Mamluks insolens,
Les Arabes altiers, craignent encor sa foudre,

A son aspect ici le crime tombe en poudre.
Oui, l'Afrique, l'Asie et l'Europe à la fois.
Le portent sur leurs bords, et tremblent à sa voix.
BONAPARTE est par-tout. . . . ce Fils de la Victoire
Jusqu'au bout de la terre a fait courir sa gloire.
Il étonne le Nil des moissons de lauriers
Conquises près du Pô sur les Hongrois altiers,
Et s'offre, en même-temps, sur la Seine arrogante,
Y frappe le pervers de trouble et d'épouvante,
Et réveille l'espoir trop long-temps endormi.

Quel triomphe pour toi, célèbre et triste Ami,
Dont l'esprit lumineux, au milieu des alarmes,
Organisa, cinq ans, le succès de nos armes,
Dont l'œil actif et sûr découvrit le premier
Les sublimes talens et l'âme du Guerrier,
Du Héros que la France en ce jour idolâtre.
Il fut lancé par toi sur le vaste théâtre.
Vainement ton rival, aux yeux de tout Paris,
Usurpant cet honneur, en retiroit le prix.
Toi seul as découvert ce Héros, jeune encore,
Pétillant de génie à sa première aurore.
Il frappa ton esprit, étonna tes regards,
Dans les groupes naissans des Élèves de Mars.

Long-temps la Capitale a plaint ta destinée
Et ton illustre vie au fer abandonnée :
Long-temps j'ai vu les cœurs, mes confidens secrets,
Déplorant tes malheurs, partager mes regrets.
Un crêpe étoit jatté sur la Nature entière.
Mais de ton Livre enfin s'échappa la lumière,
Et les échos déserts, en murmurant trois fois,
Du fond de l'Allemagne ont répété ta voix.

La vérité parut . . . . l'amitié désolée ;
A ce rayon d'espoir , alors fut consolée.
Elle vit que le bruit semé sur ton trépas
Couvroit un noir forfait qu'on ne concevoit pas.
Redoutons de fixer cette œuvre de ténèbre
Et le sang qui coula dans cette nuit funèbre.
Du Luxembourg le marbre en est encor rougi.
Je parle . . . . . C'en est trop. Mon cœur s'est élargi
Du triple mur d'airain dont l'entoura la crainte.
Plus d'une tête , là , du glaive fut atteinte.
Tu le sais . . . . . on n'a pu te voiler cette horreur ;
Tu trempas dans la nuit une aveugle fureur.
J'ai lu , j'ai dévoré ton éloquent Mémoire ,
Où de ton ame fière est empreinte l'histoire ;
Je l'ai lu ; vainement plusieurs l'ont révoqué ,
Du sceau de ta pensée à chaque trait marqué.
CARNOT , j'y reconnus ton esprit noble et sage ,
Et de tes sentimens l'intéressant langage.

Tu respires enfin ; tu pourras de nouveau
Être de ton Pays la gloire et le flambeau ,
Non en armant le bras de l'altière Bellone ;
L'industrie à son nom d'épouvante frissonne.
Du vaillant BONAPARTE , oui , le foudre est calmé.
Le Temple de Janus bientôt sera fermé.
N'en doutes pas. Viens donc , dans une autre carrière ,
Étonner les Français de ta vaste lumière.

Ah ! si l'ambition et ses soudains efforts ,
CARNOT , t'ont quelque temps éloigné de nos bords.
A ton retour t'attend l'encens d'un Peuple immense ,
L'hommage du Savant , l'estime de la France.
Mais nous , Chantres obscurs , infortunés Rimeurs ,

Harcelés chaque jour par les viles clameurs
D'un rival méprisable et d'un pésant Feuilliste,
Nos pénibles labeurs ont le fruit le plus triste.
Quelquefois nous luttons vainement contre un nain,
Que vante Sautereau, que célèbre Pauline
Membre d'une burlesque et *docte* Cote.ie,
Plus il est mince et plat, plus sa Muse est chérie :
Idole de boudoir, et triomphant par-tout,
Il est notre vainqueur, à la honte du goût.

Melpomène excita déjà deux fois ma veine ;
Et fier, j'ai cru pouvoir m'élancer sur la Scène
Y recueillir le prix, l'honneur et les succès
Dus aux brillans efforts des Sophocles Français.
Qu'ai-je vu ! S.-Marcel obstruant mon passage,
Près du Tripot Comique il obtient l'avantage,
A ma plume de feu Monèze échappe encor ;
Et le fameux S.-Prix me préfère un butor,
Un Lucé, un Petitot, dont les vers à la glace
Et les plans moribonds ont fait pâlir l'audace,
Et mourir les *Bravos* des Cabaleurs gagés.
Les mornes Spectateurs, justement outragés,
A leurs ranques accens ont soudain pris la fuite.
Quand leur Muse impuissante au théatre est produite,
L'ignorant Histrion en écarte mes Vers ;
Et me défigurant aux yeux de l'univers,
Contre moi tous les Nains ont réuni leur rage.

Dans le profond exil dont tu subis l'outrage,
Tandis qu'aux factions tu dérobes tes pas,
Moi, j'ai, loin du tumulte et de tous faux éclats,
Cherché la solitude et le repos de l'ame.
J'ai déserté les Murs où, sans cesse, la femme

Gouverne arrogament, un hochet à la main :
Les Murs où l'impudeur illustre un front humain.
C'est-là qu'on applaudit à l'infâme adultère,
Et que le vice aimable est toujours sûr de plaire.
J'avois, contre son règne, armé tous mes pinceaux,
Mais, soudain aboya la Troupe des journaux.
Les Vassaux du beau Sexe et leur *noble* Séquelle,
M'ont voué dans leur cœur, une haine immortelle.
Je fuis, je fuis la Ville où triomphe Nanteuil,
Où Campenon, enflé d'un ridicule orgueil,
Des Nantillys boufons met en jeu le *prônage* ;
Où le gascon Despaze est même un personnage ;
Où je vois Démoncy, louangeur ennuyeux,
Diviniser Vigée, et Lucé et Delgrieux ;
Où Picard est toujours croisé par la cabale ;
Où le simple génie est le seul qu'on ravale.
Plus de talens, de goût, plus de mâles écrits,
Tant que Midas Fayole étourdira Paris.

Mais il va revenir l'âge enchanteur des Fées,
Où les Arts réunis, les Graces, les Orphées,
Mêlant leur groupe aimable au groupe des Guerriers,
Feront germer le myrte à côté des lauriers.
La Paix, la douce Paix, mère de l'abondance,
Au milieu des Amours, de leur folatre danse,
Descendra, le front ceint et d'épis et de fleurs.
Alors la fraîche Amante oubliera ses douleurs,
En revoyant l'objet qui charma sa jeunesse,
Que Bélonne long-temps ravit à sa tendresse.
Plutus alors, Plutus, de ses dons souhaités,
Eblouira nos yeux, comblera nos Cités.
Alors dans nos Remparts renaîtra l'industrie.
Alors les Amoureux de la Troupe chérie,

Qui nous touche à Cithère, et sur les doubles Monts,
Contre l'intrigue absurde, armant leurs fiers poumons,
Sauront déconcerter sa heurlante cohue,
Et relever enfin le vrai talent qu'on hue.
La médiocrité, pâlissant à l'instant,
N'osera plus heurter le génie éclatant.
Alors le verre en main, dans un délire aimable,
Comme autrefois, Carnot, nos voix pourront à table,
Chanter le Peuple Roi que tu fis triompher,
Sa fière passion qu'on ne put étouffer.
Son effort libéral, en prodiges féconde,
Rocher, contre lequel vint se briser le monde.

Entouré d'une Epouse et d'un Fils adoré,
Tu pourras savourer l'amour pur et sacré,
Et le charme flateur d'être époux, d'être père :
Sa douce émotion ne t'est pas étrangère.
Dans leurs bras caressans, oubliant tes soupirs,
Nous féterons la Paix, la Gloire et les Plaisirs.
Hélas ! que n'ai-je encor les Vers de ma jeunesse,
Où j'osois à Claudine exprimer ma tendresse,
Tous ces traits vagabonds, folement contrastés,
Que les temps, comme un nombre, ont depuis emportés !
A ta jeune Compagne, à ses talens, ses graces,
Je pourrois, concurrent des modernes Horaces,
Innocemment offrir quelques folatres Vers ;
Mais il s'est écoulé l'âge des doux travers !
Auprès de la raison, par l'étude embellie,
Dois-je, penseur heureux, regretter la folie ?

F I N.

NOTES.

(*Mais vingt fois mes Accens étouffés au passage.*)

Notre Auteur avoit couché sur le papier quelques réflexions en faveur de Carnot, mais on lui fit sentir, qu'inutiles à ce Directeur disgracié, elles deviendroient funestes à celui qui hasarderoit de les publier ; et qu'il valoit mieux attendre une circonstance plus favorable à cette illustre Victime.

(*L'Aube à peine approchoit.*)

C'étoit entre trois à quatre heures du matin. Le canon qu'on tira, étoit du plus gros calibre, aussi cassa-t-il, par sa commotion, plusieurs vitres dans le voisinage de l'Auteur, qui alors logeoit à Chaillot.

(*O jour sublime !*)

Ce sincère aveu témoigne que l'Auteur fut une des dupes de cette Journée ; sans doute, il étoit loin de prévoir qu'elle préparoit la proscription de ce qu'il y avoit de plus républicain et de plus vertueux en France.

(*De Reubll et de Lépeaux.*)

On prononce Reubll et non Rœbel, comme plusieurs, ainsi ce nom n'est que d'une syllabe.

(*Dont tu citois, sans cesse, avec transport le nom.*)

Carnot ne parloit qu'avec enthousiasme de l'Homme supérieur dont il est question dans ce passage.

(*Et qui d'un Peuple esclave a recréé les droits.*)

On devoit s'attendre que le Génie qui a préparé la Révolution avec son précieux Livre *Qu'est-ce que le Tiers-État ?* ;

en suivroit les mouvemens, comme un habile Ouvrier épie
ceux d'une machine dont il est l'auteur. Il avoit, ce Génie
extraordinaire, prévu, sans doute, une partie des excès dont
les passions humaines sont susceptibles, délivrées un instant
de leur frein. Il savoit d'avance que ces excès étoient in-
séparables d'une crise politique, et qu'ils étoient même né-
cessaires pour épurer la masse encroutée de vieilles erreurs;
erreurs toujours funestes aux grandes conceptions des Pu-
blicistes éclairés; erreurs destructibles de toute sociabilité
et de tout ordre politique raisonnable, mais il avoit aussi
prévu l'époque où devoit s'arrêter le délire. Il appartenoit seul
à celui qui avoit jetté les fondemens du Gouvernement repré-
sentatif, d'en fixer à jamais les bases, et d'en asseoir l'Edifice
d'une manière inébranlable.

(Dont l'œil actif et sûr découvrit le premier.)

Carnot a souvent dit qu'il avoit eu autant de part à l'avan-
cement de Bonaparte que Barras. Il assuroit même qu'il
l'avoit connu dans son enfance, et avoit alors conçu l'idée la
plus avantageuse de ses talens futurs, sur les dispositions heu-
reuses que ce jeune élève laissoit éclater en lui.

(Du Luxembourg le marbre en est encor rougi.)

On assure qu'un homme fut pris et assassiné pour Carnot;
c'est ce qui fit, ajoute-t-on, courir le bruit de sa mort. Si
ce fait est vrai, est-il étonnant que certains Coupes-Jarrets
aient attesté avoir présidé à ce meurtre effroyable, et qu'on
ait cru généralement à Paris, dans les premiers jours qui
suivirent le 18 Fructidor, que Carnot n'avoit point survécu
à cette Journée; depuis nous avons été détrompés par l'histo-
rique qu'il nous a donné lui-même de son évasion.

(Melpomène excita déjà deux fois ma veine.)

L'Auteur a composé deux Tragédies, toutes deux en cinq

actes. La première, sous le titre de *Caton d'Utique*, la seconde, sous celui de l'*Inde affranchie*. Des Intriguans de Foyer et de Boudoirs, des Protégés de quelques Précieuses de Lycée, out eu, comme c'est l'usage, la préférence sur lui. Ainsi le public est joué par les Baladins qu'il soudoie. Ainsi les Altesses et les Majestés de Coulisses ne lui donnent que les Ouvrages mesquins, recommandés par les coteries des Laïs de la Capitale, et écartent de ses yeux le noble, le touchant, et tout ce qui seroit capable de le charmer et d'attirer ses suffrages. Et l'on s'écrie que le Siécle ne produit plus rien ! Qu'on dise, plutôt, que le découragement entoure les Arts, et repousse ceux qui sont nés pour enfanter des Chefs-d'Oeuvres.

(*Moneze échappe encor*)

Personnage principal de la Tragédie de l'*Inde affranchie*.

(*Arme tous mes pinceaux.*)

Trait qui fait allusion à la Satyre des Mœurs, Ouvrage de l'Auteur.

(*Où j'osois à Claudine . . . . .*)

Nom feint qui cache celui d'une charmante Personne que l'Auteur idolatra dans sa jeunesse, et à qui il a adressé des vers pleins de passions; vers que depuis il a perdus, ainsi que ses autres Ecrits composés à cette époque. C'est avec juste raison qu'il regrette des OEuvres dictées par le délire précieux du printemps de la vie, délire qui uous échappe, et que nous uoudrions bien ressaisir au midi de nos jours.

www.ingramcontent.com/pod-product-compliance
Lightning Source LLC
LaVergne TN
LVHW021803030726
842523LV00003B/1186